2020年2月9日撮影の、冬期我が家の花壇（早朝）

原石からエメラルドへ

赤秋あかね
SEKISHU Akane

文芸社

目次

はじめに　幼い私にスポンジが水を吸うように些細なことを教えた父

私は、父や母の亡き後を生きています。人に取られず、火にも燃えず、水にも流されず、何者にも壊されることのないものを、積み上げていきたいと思います。遺伝子が私を助けてくれました。何事も精一杯打ち込んできました。黄泉の国から見ていてくれましたか？　母さん！　今では気楽にわがままさせてもらっています。安心してくださいね、父さん！

難病になって得たものの大きさは、計り知れません。指折り数えても足りません。容赦なく忍び寄る進行に歯止めはかけられぬとも、気持ちは前だけを見て歩きたいのです！　生きる覚悟を持って。そんな私に満足しています。

そして、今では私も、母が亡くなった年齢を優に超えました。母を早くに亡くして辛かった、いつも孤独でした。

父さん、平均寿命まで生ききってくれてありがとう。父が生きているだけで、乗り超えられた数々の苦労がありました。頑張りました。両親二人の育みが底辺にあったればこそ……幼い頃、父のもとで見よう見まねで身につけた、写真との出合い。自宅の押し入れを暗室代わり（幼かった私は、父とのノウハウをスポンジが水を吸うように吸収しました）にして、そのことが、今、大きく実を結び感動を与える撮影につながっているのではないか？　と思っています。

仲間が支えてくれる幸せ

「遠くの身内より近くの他人」のことわざ通り、毎日おてんとうさんが見ているように、私のことを近所さんは見てくれていたのです。その一部の方々に、発病と同時に区の婦人会で、「私は難病で、早く老いる進行性の病気です。皆さん助けてください」とお願いできました。

コロナの影響などもあり、連合ならびに地区婦人会は現在なくなりましたが、過去には視察旅行に行かせてもらいました。以前、夫から「私はどこにも行ったことがないと残念そうに言っていたが、婦人会に入って、孫が生まれてからは、何度もあちこちの旅行に参加しているね」と言われたことがありました。やはり私は強運なのでしょう。

婦人会のお仲間には手助けをお願いできたり、必要な時、遠慮なく厚意を受けられました。私が時間に遅れても待っていただけるのですが、大きな負担を感じることもありません。

婦人会には、近親者の看護を経験した人もいますし、何らかの形で、看護の仕事を持つ人もいますので、助かっています。私が病気の告知を受けてからも、春の研修旅行や諸行事（手芸教室に健康教室）、新年会など、ほぼすべてに参加して、皆さんにお世話になっています。

区の婦人会の皆さんには、よくしていただきました。視察旅行では、私の遅い歩調に合わせてくださったり、肩を貸して手厚くサポートしていただきました。細かい砂利が敷かれた日吉大社の境内では、「滑るから」という声がけが嬉しく思いました。さる年には「お守りを授けます」とアナウンスが響き、ありがたく頂戴しました。今も財布に入れています。

陶芸教室では、不安定な椅子での作業でした。健常者でしたら問題のない椅子です。頼めばもっと安定感のある椅子に替えてもらえるでしょうが、私としては、これもリハビリととらえ、頑張りました。甘え過ぎず、楽しめる仲間って良いです。その教室ではランプシェードを作りました。手のひらや指先を使っての、土を薄く均等に伸ばす作業はリハビリに良いです。お尻にも気持ちを置きながら、半円だったものを円錐形にします。あとは模様付け。といっても丸型や星型を抜いて穴を開けるのです。その穴から光が出る仕組みで、位置や数により個性が出て面白いものでした。

こんなふうに行けるとこに行け、幸せな生活を送れています。病の進行は、間違いなくひたひたと忍び寄っています。微妙ですが自分にはわかるのです。主人には、それでもどうしても必要な所には、「いつか行けない日が来ますから」と言い、同伴を求めて二か所行きました。あとは、もう一度行ける所を探して行きました。当然、縮小した形での外出で残念です。私にはそれまで当たり前にできていたことができず、悲しくて情けないことがあります。でも、助けてくださる仲間がいます。

私の名は、余裕の裕と書いて「ひろ」と読みますが、余裕を持っていることは大事です。余裕の心は、要所要所で事故やトラブルを防いでくれます。時には見知らぬ人も「ゆっくりでいいですよ」と声をかけてくださいます。その余裕がきっとあなたを助ける時がきます。忘れ物をしたり、ケガにつながるのには、決まって余裕をなくした時だからです。

情けは人のためならず、気づかないうちに助けられています。

思い通りにいかないのが、人生でしょう。私が難病（脊髄小脳変性症）になるなんて、予想もしませんでした。私は告知を受けてから「なぜ私なのか？ どうして、まさか私が」と自問しました。今では家族でなく、私で良かったと思います。主人でなくてよかった。私は車が運転できないからです。

私は多趣味で、思いついたらやらないと気が済まない強気な性格。これは、良い面ばかりではありません。どこまでも優しい主人には酷でしょう。主人は体もあまり丈夫ではありません。私は発病前に、車椅子を利用する主人の立場を思いました。反して私は基礎体力もあり、血圧も高くなく、血液検査も問題なくベストに近いのです。この先不安じゃない？　未来がわからないのは皆さんも一緒です。

難病になったから良い出会いがありました。知りたい病気に詳しくなりました。徐々にしたいことが見つかり、打ち込めました。そして何より「あじさいの会」会報誌の表紙の写真を任されました。さらに投稿文を書くことができて、自分らしく今という時を大切に生ききることができます。それは、やり切るとちょっと良い気分です。過去に縛られずに過ごせます。次へのステップを見つけることができれば、一段階のアップを目指したい!!　できる範囲は時と共に狭くなりますが、クオリティを求めたい!!

私はどんなことが起きても後世のために、娘や孫たちの手本となるような生き方がしたい！　と、気持ちを奮い立たせています。と同時に「私の生きざまを見せよう」と身が引き締まる思いでいます。取りあえず前向きな姿勢を取りながら、日々大切に過ごすことを考えています。

そんな時、できなくなることが増えるなか、強引に化粧を諦めました。クリームも「塗らなくてもいいわ」という具合で、初老だもの、小事に捉われなくてもどうせ思い通りに化粧できないんだもの……そんな捨て鉢な想いもあって……。

三人の学費がピークの頃のこと、石川啄木の詩の通り、「働いても働いても我が暮らし楽にならずじっと手を見る」、そんな生活が続き「私も母が亡くなった年には命尽きるかも？」いつか笑い話にできることを夢見て、過ごしました。

私には、宝物が三つあります。手塩にかけて育てた三人娘です。

初めまして赤ちゃん

長女が生まれる前の日が健診日でした。ドクターは言われました。

「いつ生まれるかは私にもわかりません。木に熟れた実がなっている。いつその実が落ちるかは誰にもわからない。どの方向からどのような風が吹くか予想が付かないからです。その風によって熟れたお子さんが生まれます。今夜かもしれないし、明日かもしれません。ごく自然なことです」

私は、産院を後にしながら歩くうち、嬉しさに自然と涙があふれて止まらなくて困りました。行きかう人が変に思わないかと、急ごうとしますが、身重だけにそうはいきません。余計にとぼとぼと歩きます。家へと歩きながらまだ見ぬ我が子へ「早く会いたいね」と呼びかけ、感激したことを覚えています。

実は、この子は二度目の懐妊にして初産でした。訳あって流産があり、その子の分も待ち望んだ子です。

今思えば、流産後はなかなか子どもができない人もある中、約半年で宿りし我が子でした。日に日に、大きくなりました。お腹の中で動く様子に、早く会いたくて待ち遠しかった。

どんな顔しているのだろうか？　女の子か男の子だろうか？　いずれにしろ主人か私に似ていたらいいかと思いました。

よく聞くことですが、「親を選んで生まれてくる」という説があります。子は親を選べないとして、選んでくれるような親になりたいと思いました。

その夜は嬉しい気持ちで床につきました。そうして明け方の四時頃、陣痛が起こったのです。隣で休む主人を起こすのは忍びなかった。初産は時間がかかるというのを聞いていたのと、私を産院に届けたら主人は仕事へ行く予定でしたから、一時間ぐらい寝かせてあげようと、私にはどこか余裕がありました（昔は出産は女性の聖域という考えでした）。

後に主人は言ったことがあります。「男親は不公平だ！　生まれた瞬間、髪の毛が抜けるとかの実感が欲しい」と。「この子があなたのお子さんですと言われても、どこかで不信感がわく」と。そんな神秘的なことを言う人でした。

私は生まれた長女を一目見て、なんと口の小さな赤子だと思うのでした。鼻の幅よりも確かに口の幅が狭かったのです（その後、食が細くて苦労しました。その心配は嫁ぐ日まで長く続きました）。

愛らしくて小さな娘でした。待ちに待った我が子でした。今思えば安産でした。ありがとう！

母親のいきみと胎児の生まれようとする気持ちが合わさって、狭い産道を胎児が無呼吸で体を回転させながら、出てくるといいます。胎児の骨は軟骨でできているというのも不思議です。

お産は、胎児と気を合わせることに尽きます。その点では安産でした。その後、昼休みを利用して主人がやってきました。無事に産み終えたことを聞き、一日我が子を見て安堵して、仕事へと行きました。麻沙世と名付けました。

それから一年半、長女は幼くして姉になりました。産院で覚えたての言葉で自分のことを「姉ちゃん」と言い、バイバイをして去っていく我が子に複雑な気持ちになったものです。

すっかりおばあちゃん子になりました。さらに、妹ができました。二人の姉として良いこともあり、長女は忍耐強いように思います。でも反面、独占欲もありましたねぇ。良くも悪くも嫁ぐまで続きました。

今では四児の母になった長女。私には可愛い孫ですが、長女の子育てに関しては「あまり深入りはせず、口を挟まず」を心がけています。義母に学ぶ私でありたいです。私が手塩にかけて育てた娘です。自慢の娘です。若くして嫁ぎ、何もしてやれず、ゴメンねぇ……頼もしい母となり、ありがとう。麻沙世あんな小さかったのに……おかげで孫だくさんです。

姑も孫のいる生活を楽しみましたが、実は舅も楽しんでいました。「滑り台を滑った時、お爺さんはニィッと笑っているだけや」と長女が言ったことがあります。目を細めて見ていたのでしょう。舅と長女が遊びに行った帰り道には、「おてて、つないで」と「靴が鳴る」を歌ったと聞きます。普段は隠していた明るい面を初孫には見せていたのです。

苦境を支えてくれた次女

姉の誕生日を控えて、お祝いに次女とご飯茶碗を見に行った時です。「お母さん、良いのを選んであげて」と言ったのです。自分のものはねだらず、幼いのになんといじらしいことと、店主とともに感心しました。

「私の時には、お気に入りを買ってね」と言ったのです。この子は先を見据えていると二度感心しました。

普段は、引っ込み思案の姉に代わり、年上の子を誘う声がけをしていました。幼くして頼りになったのです。

こんなエピソードがあります。末娘を生むため何日か留守にして、赤子を抱いて我が家に帰った時、私に甘えるのでなく、赤子を見て両手を私のほうに差し出して受け取ろうとしたのでした。その日から末娘を常に気遣う優しい娘でした。

幼稚園に通う頃になって、「美江《よしえ》は一番父さんに似ているね」と何気なく言った時、「私って大きくなったら男になるの？」と答えたのも、可愛い思い出です。男児が欲しかった我が家ですから、冗談で「そうなれば万々歳」とも思いました。幼い頃、主人似だった。娘も（私の若い頃に撮った写真で父は生前！　超若い母の合成写真があります）姿は四十代の私にそっくりです。

今になって見ると、皆からは羨ましがられる日々です。娘はみんな父親に優しいし、母親に厳しいことを知りません。

マザー・テレサの言葉に、「親の悩みを知っているか？　親の悩みを聞いているか」というのがあります。主人の問いかけに娘たちは丁寧に答えます。それらをそばで見ていると羨ましいし、主人の性格を熟知して穏やかに接し、まさしくマザー・テレサの言葉通りです。

親子関係は、ラインの普及が大きいといえます。スマホを買っても、主人は「ラインなんて娘たちとはしない」と決めていましたが、だんだんその気になってきて、今では、最初の決意をすっかり忘れて利用しています。

私は、愚痴をたまにラインで送ります。三人三様に返事が返ってきます。次女にはちょっとした悩みを話すこともあります。たいてい一人に聞いてもらうと収まるのです。

日々忙しい長女は、次女に頼っています。暢気というか、手一杯で任せているのです。次女を信頼しています。私にしても、三姉妹の入り口として、まずは相談事や愚痴をライン入力します。

幼い頃から姉や妹に信頼を置いている次女です。本番に強いのは、私に似たと思えます。

幼少の頃、いつも嫌がらず妹を遊びに連れて行く、優しく面倒見の良い子でした。

ある時、顔を真っ赤にして、あわてて外から帰ってきました。聞けば妹が、「溝に落ちて泣いて動かない」と言います。私は、その場所に向かいながら、ケガを思いながら、溝に着きました。何のことはない。末娘が動かなかったのは、自分が落ちたことにびっくりしたのと、姉についていけなかった自分に腹を立てのことでした。負傷がなくて良かった。びっくりしたであろう次女のためも、胸をなでおろす思いでした。

その後も相変わらず、二人連れだって行動し、私に自分の時間をつくってくれました。

この次女は、生まれて間もなく生死をさまよった子です。傷心の私に代わって暑い中、姑がクーラーボックスに一杯氷を詰めて、冷凍した母乳を運んでくださいました。

次女は、学童期には、校庭で体育の授業はみんなと一緒に運動できず、校庭でみんなを羨ましく見ているような時があって、物悲しい思いをするのではないか？　と思い、夫婦でとても心配しましたが、無事を勝ち取った強運の持ち主です。

私たち夫婦には、生きて、何事もない日常を送ってくれることが、親孝行です。 つい、そのことを忘れ、あれこれと注文を付けてしまいます。

次女が生後六か月の頃、実母を病で失いました。「私が泣いてばかりだと、笑うことのない子に育つ」と思い、それだけは避けたかったことを思い出します。おかげでごく普通に笑える娘です。

幼くして周りの状況が読み取れる三女

三姉妹の末娘、須美子！　私も三人目で十一月生まれでしたので、単独ではなく夜は床を共にしました。

姉たちには悪いのですが、この子を亡き母の生まれ変わりと思い、大切に育てたのです。

また、この子は私の子育ての最後かと思うと、小さなしぐさが愛しくて仕方がありませんでした。節目節目で最後の思いが交差しました。

三女の三歳の誕生日に阪神パークでのこと、ポニーに乗ろうというコーナーで、見れば五歳以上という表示があります。姉たちは乗りたいが、妹を思うとあきらめかけました。

その時、三歳になったばかりの末っ子が乗りたいと言い出しました。今では、考えられないことですが、係の人の粋な計らいで末娘をポニーに乗せてもらえました。どう見ても標準の三歳児ですから、五歳児に見えるわけがありません。ご機嫌の笑顔かと思いきや、なんと緊張の顔。後からこの子の目力でクリアできたんだと思う一日でした。

この頃から、三女は機転を利かすようになりました。苦手な食べ物には、「私は小さいから、たくさん食べられない」と言い、好きなものには「私は大きくならないといけないから、たくさん食べたい」と言いました。幼い頃から周りを見て会話を交わすようなところがあり、私の中で目を光らせないといけない子でした。三人目だからと、気の抜けない思いでした。

ある時、お稽古事をさぼり、子猫と遊び、帰宅時間が遅くなり、ばれたことがありました。

その時、「家にもよう入れん」ときつく叱ったら、「それはお父さんが言うこと」と反論するような子でした。どこか男の子のような切れのある娘です。私は三人目でやっと、姉妹でも個性がある、一人一人違うと気づきました。子を三人育ててわかることがある、基本的に三人を比べない、肩の無駄な力が抜けるとよく聞きます。でも、良いことばかりではありませんでした。

家の裏に同い年の子があり、よく我が家へ遊びに来ていました。ある時、けんかし、手を出して帰ってきました。言った言葉が「いっぺんやってやろうと思っていた」でした。姉たちをいいように遊ばれたと思っていたのでしょう。

後を引いたらとの心配をよそに、次なる問題を起こしました。その子と近所の塀に落書きをしたのです。当時、男の子でもしないことです。絶句でした。

自転車で転倒し、ガラス瓶でケガをしたこと、ナイフでリンゴをむく時もケガをしました。注意されるのを避けたいあまり、平気なふりをして、かえって心配しました。

小学生高学年の頃、姉たちのお古が着せられぬようになりました。お古がいやだったのでしょうか。身長が伸びて姉と同じになり、双子かと思われることもありました。

高校生になり夏休みが終わる頃、髪を染めて帰宅しました。この時も絶句でした。なぜ夏休みの前半にしなかったのか、夏休み最終日の今なぜ？　と理解できなかったものです。

進学も就職も、みな自分で決め、とことんマイペースの末っ子でした。

娘は結婚前に子育ての練習をしました。

子育てが大変だと姉と私の思いを察して、私の代わりに暇を見つけては姉の所に行き、私の代わりに（主人の顰蹙をかうほど）子育てを体験しました。私が仕事で行けない分、代わりに手を差し伸べてくれました。ご苦労様でした。

婦人会仲間と話して思うことは、自分の子育てを振り返る時、「叱り忘れはないけれど、褒め忘れは多々あるということです。

可愛い寝顔に、何度か「ごめんね。あんなふうにきつく叱らなくても、良かったのに」と思ったものです。だから孫はいっぱい褒めます。「ばあさんは孫を甘やかし、孫にいい顔をしすぎ」と言われますが、孫は可愛い。順送りですから大目に見てね。

三女には、できればもう少し早く結婚してほしかったのですが、今は、二児の母となり、私たち夫婦に孝行してもらっています。「子どもは二人とも二重でぱっちり目。母さん似」と言ってくれます。走る幼子二人に「ママは若くない」と言って追いかけています。

そして一時期「手伝ってくれない？」と甘えてきました。当てにされると嬉しいので、三泊四日で何度か行きました。高台にある娘の家に杖をついて訪問するのはなかなか大変です。

家族一丸となり、泣いたり笑ったりして、成長していくことが一番です。その苦労はいつか実ります。私が実際に経験済みです。「今実っていますよ、ありがとう！」と思います。この子が娘で良かった。

私は、難病（脊髄小脳変性症）と告知を受け、頭が真っ白になり、思ったことは娘たちに取りあえず「言葉を残したい」と考えました。

私は、前にも述べましたが、母を早くに亡くし手探りで苦境を過ごしてきました。母から受け継いだ命を輝かせて生きる。娘たちに託そうと思ったのです。それが以下の言葉です。

＊＊愛娘たちに＊＊

・姉妹仲良く、時には三人揃うこと
（良いことは分け合い、悪《あ》しきことは三人で摘み取るようにしてください）

・銘々の家族を一番大切にすること
（支え合うことで家族の絆を深めて）
・母は側にいなくても、何時でも問いかけること
（答えを引き出してください）
・姉妹お互いライバルに、人間力を競い合うこと
（自分磨き、比べるのは昨日の自分と）
・身体を（命）大切にすること
（小さな工夫でも継続すれば、病やケガは防げます）

伝える娘たちを持って、私は感謝の言葉しかありません。
恵まれた人生を歩み続けながら、「ありがとう」の言葉がこみ上げます。
私が生きてきた証です！　それが貴女の命です。

子育てについて思うこと

私には充分できなかった子育て。
　子どもの年齢に応じて、できることは自分でさせ、
わがままや甘えは厳しく叱り、
　苦労や不自由は辛抱させ、
強くたくましい人間に育てることが、
　親の勇気ある愛情であり、
子どもの将来に真の幸福をもたらす基礎であると確信いたします。
これに大いに共感します。
＊＊子どもに　必要な苦労をさせることは
親の勇気ある　愛情である＊＊

自分の子が可愛くない親はいないと思います。

それだけに、その愛情が、どうかすると溺愛（むやみに可愛がる）という形で子どもに注がれていないかと注意しなければなりません。

子どものわがままを簡単に聞き入れる、子ども自身でできることにもすぐ手を貸す、といった具合に甘やかし、誤った愛情で子どもを過保護に育ててはいないでしょうか？

そのように育てられた子どもは、成人しても、わがままが身についていて、自分本位で協調性がなく、周囲に受け入れられません。

また依頼心（何かしてもらおうと頼むこと、当てにすること）が強いため、自立しようとする意識に乏しく、少しの困難にもすぐにくじけるような弱々しい人間になってしまいます。そうなると、社会の荒波を乗り切って生きていくことを望むべくもありません。

あるカレンダーに載っていました。

私は、長女が低学年頃、義父母とのあつれきの中、子育てに悩んでいました。四年の間に三人授かり、家事と育児に追われ、世間を知らず、同じ悩みを持つ友もなく、袋小路でした。そんな中、児童文学研究家、教員校長を経て四十年の吉岡たすくさんのことを知ったのです。「テレビ寺子屋」に出演。小学校の教師経験を生かしたエピソードや「子どものやる気を育てる」で人気を集めていて、ラジオで相談を受けつけると知りました。この機会を、逃したくなくて電話をしました。内容は主に、「食が細くて成長が心配」などのやり取りだったのか、記憶が曖昧なのですが、「子どもはやっぱりお母さんです。母の愛はじょうろの水。必要な時だけかけようではないか。自分で土をもたげる子に」と言われたことが残っています。そして、スッキリしたのを覚えています。

テレビ番組の「テレビ寺子屋」では、「小学三年までは、子どもは抱いて育てなさい。抱かれることで、人を愛することや愛されることを知るのです。四年生になったら何でも一人でさせなさい」という言葉が印象に残っています。

私が幼い頃、優しいが厳しい父と、厳しくて優しい母から、折に触れて褒められ、諭されました。そのような中で、私はのびのびと育ち、時には我を通す（言い出したらやり通す）子でした。

隣が保育園でしたので、一人で覗きに行き、「保母さんに『明日から来ても良い』と言ってもらったから行く」と駄々をこねた私でした。

父はいたって褒め上手！　母が叱ると父が必ずなだめる、その繰り返しでした。父親っ子にするのが、実は両親の作戦でした。後でわかったことですが、母が弟の面倒を充分に見るため、前もって父と娘の関係を築くようにしたのです。それくらい、母は弟には甘かったといえます。

ここで、産経新聞に載っていたエッセーを紹介しましょう。

令和三年三月二十五日、七十八歳の婦人の「それも幸せ」と題されたものです。

『息子の中学校の卒業式で、校長先生が話されたことを今も覚えている。保護者も席について体育館はシーンと静まり開式を待つばかりのときに、校長先生はおもむろに壇に上がり話し始められた。

ふと、感謝しなさいという言葉が耳に入ってきた。ぼんやり者の私は、卒業を機に子供が親に感謝するという意味かと思って聞いていたら、そうではなかった。

校長先生は親に向かって、子供に感謝する気持ちを持ちなさいと諭されたのだった。親の幸せのほとんどは子供が持ってきてくれるものだ。

病気をしたりけがをしたりけんかをしたりと、子育て中はいろいろ苦労があったろう。勉強はしない、親にはろくに口もきいてくれない、一体何を考え、どうする心算かと心配した人も多いだろう。

しかし、そういう風に気をもんだり心配するのもまた幸せではないか。

さらに校長先生は続けて、一生懸命子供に尽くしなさいと言われた。子供に尽くすということは、あれこれと手を出して日常的な世話をやくことではない。親自身がちゃんと生きることであると。

ちゃんと生きるとはどういうことなのか、残念ながらその後の話は思い出せない。

しかし、校長先生の話は全くその通りだと初めて気が付いて、自分もちゃんと生きようと強く思ったことを覚えている』

令和五年三月二十九日付の神戸新聞の朝刊に掲載されていたのは、次の記事です。

『大阪大教授を定年退職した生命科学者の仲野徹さんは自らを「隠居」と名乗る。読書ざんまいの日々を送っていたら、もう一つ、大切なことに気づいたそうだ。孫遊びである。

頼まれて、不本意ながら幼稚園のお迎えに行った時だ。五歳の孫に「じいじいはもうお仕事行かへんねん」と言ったら、うれしそうな顔で何度も遊びに誘われるようになった。仕事をしない人＝いっぱい遊べる人と思っているようだ。「ならばもっと真剣に遊ばなあかん」と本紙随想に書いていた。

確かに同居世帯の減少と定年延長が相まって、祖父母が孫と関わる時間が減っている。こんな現状に風穴は開くか。宮城県が一月、都道府県で初の「孫休暇」を始めた。

会見で村井嘉浩知事いわく、「わたし自身、子どもの育児にはあまり参加できなかった。深い反省をもとに、孫に思いをぶつけたい」。期間は一週間程度と短いが、これを手始めに、少しずつ長くなればと願う。

「孫育ては、熟年離婚の危機を救うかも」と期待する家族問題の専門家がいる。夫が子育てに非協力的だった妻の恨みは長引くというデータがあるらしい。思い当たる人は挽回のチャンス？

思わぬ〝効能〟は別にして、イクメンならぬ「イクジイ」が時代の潮流になればいい』

皆さん、笑いましょう！

ある年の婦人会総会の講演は、婦人科医で、「日本笑い学会」会長の昇幹夫氏による「笑いと健康」というものでした。

癌告知を受け、医者から見放された人が、グループでエベレスト登山に参加。絶景に触れ、いろんなしがらみから解放され、余生を楽しむことに徹して数年たった。豊かな日々を送れているお礼に、登山をサポートしてくれたガイドの面々を招こうとしたら、先を宣告された人は一人も欠けていないのに、頑強な山男が数人、命を落とされていたというお話。

また、名の知れたがんセンターの所長を務めた人が、必ずといっていいほど癌で命を落とすとのこと。どうしてでしょう？

そこで笑いが秘められた力が登場します。

今話題の遺伝子。笑うと遺伝子は動くそうな。ストレスなどでゆがみがちな遺伝子が動いて整列して、ひずみを修正してくれることが、最近では医学的にも証明されてきているらしいです。

皆さん、笑いましょう！

デイサービスでの笑い

私は振り返ると、苦労自慢したいほど笑いとは程遠い生活を送ってきました。ちょうど姑が亡くなり、主人の毎日難しい発言を聞くことしかできず、週一でもデイサービスを利用しては、娘の言うことをよく聞いていました。

デイサービスの日は、スタッフの皆さんと午前中はお楽しみ会。寒くなったので「体を使っての遊び」として、風船バレーとサイコロサッカーをすることになりました。最初は足の運動ということで、椅子に座ったままで、四本足の椅子をゴールに見立てて挑みました。スタッフの一人が「おまけ」と言って各々がゴールするまで付き合ってくれました。その後、フリーでつなげることを目標に蹴ることに熱中。実はサイコロは角がなく、発泡スチロールでできていて、カーペットが敷かれ、人が輪になった会場では思い通りにいかないのです。そこが面白いところで、ついつい夢中になります。

後半は、手を使っての風船バレーです。スタッフの一人がみんなの輪の中央に入り、みんなに風船を回してくださる。時おりアタックのようなストレートが飛び交い、「きゃあきゃあ」と年を忘れて騒ぎます。結果、反射神経を鍛え、楽しく体を動かせてストレスの軽減につながります。

昼はいつも楽しみです。ある日のメニューは、厚揚げを豚肉で巻いたもの、ブロッコリーを添え、チンゲン菜としいたけとツナ缶の煮物、さつま芋とセロリのグループフルーツジュース煮、ゆず入り紅白なます胡麻仕立て、じゃがいもと菊菜の味噌汁、ご飯……と工夫がいっぱい凝らされた食事に感謝です。

午後には、ウクレレを聴かせていただきました。パソコンに映し出される歌詞を見て楽しく歌います。リクエスト曲を出して楽しませていただきました。「秋冬の季節の歌のコーナー」では「野菊」などを、歌謡曲コーナーでは「上を向いて歩こう」を歌いました。

ロシア弦楽器のバラライカを披露くださり、ロシア民謡の「黒い瞳」を聴かせていただきました。沖縄の歌では、「花」と「涙そうそう」を歌い、計十四曲をも歌ったのです。

そしてクイズを出されました。教育➡今日行くところを作る。教養➡今日する用事をつくる。貯金をする➡貯筋のために外を歩くといった回答で、以上ができているかを常に頭の隅に置くことをすすめられました。

腹話術と、歌とトークがいつものパターンなのですが、その日はサプライズで、ちびまる子ちゃんの主題歌が登場。驚きました。黒子スタイルでの操り人形で手は手で操り足は足に操作棒、括り付けの風貌、動きが激しい。動きでみんなをのせるのですが、曲のテンポが速くて面白い、みんなを和ませます。魅力的というのでしょうか、滑稽な風貌がみんなに受けたのです。黒子さんお疲れ様でした（人形はメンバーさんの手作り）。お蔵入りせずよかったとのことでした。笑いが少ないと気にしていた私ですが、笑いはたわいのないところからと思い直し、相続の難しいことも済み、家族で笑いを育てていこうと思いました。

私の自立（やりたいことを見つける）

姑を看取り我が夫婦にとって、心底気楽になれる時が来ました。九十五歳と長生きされました。結婚した当初は、姑に仕えることを当たり前として暮らしました（若かった頃は、姑との暮らしってこんなものかな？　とも感じたものです）。体力・気力共に充実（子育ての頃↓負けるが勝ち）していて、気づけば反面教師ながら（勝手↓黙認）私は難病の発病から充分ではないけれど、姑は後期高齢者（合わせる日々↓穏やかな結果が得られるので）、結果悔いなく看取りを実施できました（長期間続きましたが）。

既述ですが、数年前から化粧ができなくなりました。とても残念でしたが、ただ口紅には、こだわりがあり、以前は「障害児を育てる母親に赤い口紅運動」と呼ぶ活動しているのを知ってから、落ち込むときや忙しさに疲れたときなどに、意識して丁寧に塗りました。不思議と元気が出ました。特に真っ赤な深みのあるのがお気に入りで、随分助けてもらいました。この夏の終わりに若い世代と触れ合うことになり、私の気持ちが大きく変わりました。ちょうど白髪を染める時期に差し掛かっていました。以前から私は、毛染めに抵抗がありました。なぜかと言うとどうしても娘たちが、私が年を取っているのを見逃してしまいかねないと思ったからです。ところがふと思いつきで、昔黒髪にひとすじグリーンがとても映えて綺麗だったのを思い出して、挑戦してみようと決心したのです。

結果とても評判でした。出会う若い子が、皆それぞれに褒めてくれ、いくつになっても褒められるのは嬉しいものです。そうだ！　難病のショックから、諦めていましたが、まだまだ基礎化粧と口紅は続けよう。年上の女性から「シミがない」と羨ましがられて、頑張ってみるかと思いました。

冬場は、特に動きが悪いというか、こわばりが出ます。スムーズな動きが取れませんので。そのようなことが不安で断念しましたが、今日という日は一番若いから、頑張っていきたいです。

忘れがたいお二人

おばさん、安らかに眠ってください。ありがとうございました。

亡き母の友人だったおばさん。もし、母に会えましたら旧交を温めてください。

そして、母に「あなたが早くに行ってしまうから、藤田さんが代わってあなたの娘の力になり、夫の力になった」と話して、ねぎらってもらってください。

思えば私は幼い頃から商店を営まれていたおばさんの店に、お使いによく行きましたねぇ。祖母がいない核家族の鍵っ子でしたから。そのたびに褒めていただきました。「母に褒められた覚えがない」と言うと、おばさんは「お母さん、きっと短命だとどこかで思いがあったんかしらねぇ（だから、あなたに厳しくしたんでしょう）」とおっしゃいました。

「母親が私に厳しく接するのも大変だったのだろう」と、母になり、祖母になってわかります。

日々の愚痴は父親には話せません。おばさんは、多くを語らなくてもわかってくださった。おばさんには、姑問題や娘を嫁がせる母親の複雑な思いを理解して的確なアドバイスをいただき、私の意地っ張りな心を鎮め、もうひと頑張りさせる粋な計らいの後押しをしてくださいました。まるで母のように。

父との誤解が解けたのも、みんな、おばさんのおかげです。

遠くに離れていても私の日常の活動を書き送っていましたが、無言ながら応援くださり、私も日々精を出せました。

私もあちこち連れていってあげたいのにできないため、気持ちばかりの贈り物として写真を披露しました。それらを楽しみにしてくださり、私もおばさんの顔を思い浮かべながら至福の時でした。

ある夏の初め、「どうしているかなぁ」と心配して私に夏菓子を贈ってくださいました。お礼の電話を入れた時、変わらぬ声に安堵したのが、生前最後となりました。

それから約半月後、訃報を聞くことになりました。急なことで、さぞかしご家族はショックだったでしょう。

私もあやかりたいそんな最期。黄泉の国はいかがですか？


もう一方は、まだお若い友人でした。先輩と呼ばせてください。本当に私の前を歩んでくださる姿に学ぶことが多かった方でした。

最初の出会いは、三十年ほど前と思います。女性らしい声のトーンに魅せられたのです。「私もお祖母さん子でね」そうおっしゃる声が優しくて女性らしく（我が子がお婆さん子でも？　先輩のような声が出せるような気がして）、高鳴る気を落ち着かせる気持ちになりました。

あの声を聞けなくなるなんて、覚悟ができていませんでした。我が子のお祖母さん子、中に母の思いが詰まっています。私も今では、お祖母さん子にできなかったことを、孫にチョット身につけさせたい。

人は、家族や学校だけでは育ちません。他者から刺激を受け、自己を奮い立たせたり、甘えてみたりを繰り返して成長します。私は先輩の姿に人としての在り方を教わりました。

そういう私も進化系、先輩のように素敵な声を持ち合わせてないので、態度で示すしかないようです。

コロナ禍で最近はお話しする機会も極端に減り、懐かしい声を待っていたうちに訃報が入ったのでした。ご自宅で、家族と最後の時を過ごされたとお聞きして、これもまた、あやかりたいものです。

先輩の声は、遠い幼い頃の母の声であったかと思えるのです。

先輩を通して亡き母を偲んでいました。母の思いが、身近な先輩として私の前に現れたのではないか、とそんな気がしています。

父の思い出

妻を早くに亡くし、独り暮らしを続け、趣味に生き、私の手本となった父。幼い頃から、父の背中を見て育ちました（娘は私をファザコンといいます）。家は豊かではなかったですが、父はその分カバーしてくれました。

器用で何でも作ってくれました。そして娘でも関係なく川遊びや釣りなど教わったものでした。父は戦時中に代用教師をしていたこともあり、その経験が、子育てに生かされていたと思います。

私は幼い頃より意地っ張りで、父に「父さんが一緒に謝ってやるから」と言われても自分の言い分を通す子でした。言い出したら聞き分けのない子でしたが、その代わり、やり通すことを課せられました。

父は暇さえあれば新聞の空欄に文字を書き、そのことにより達筆でした。そばで見ている私に努力の大切さを教えてくれました。

ある晩秋の夕、稲の収穫期で両親は忙しくしていました。それで母が私に「先に帰って夕飯の支度をしておいて」と言いました。私は、なぜ私だけにそう言うのかと不服でしたから、良い返事ができません。すると父が「裕子《ひろこ》がしてくれる夕飯、美味しいから頼む。風呂もよろしく」とうまい具合に褒め上手。

今思えば、母より小学生の私が料理上手なわけがありません。祖母がいない我が家では、その分、両親は私を家事の当てにすることがあり、その時に褒めてくれました。

ああしたら、こうしたら、もっと親が喜んでくれるかな？　と思う日々。それで、風呂焚きは私の担当になりました。都合がいいことに、宿題をしながら風呂焚きができます。当てにされること、労働の喜びを知ったのです。

今では、火を扱う機会がなくなり残念です。人が動物と違うのが、火を使うことです。

風呂焚きも奥が深いものです。楽しいと思えるまでとことんすると、失敗なく楽しくやれます。楽しい気持ちでやると苦になりません。

里山の魅力がよくテレビで紹介されています。都会の人が移住するという内容もあります。

うちは、里山の続きにある田畑を耕作する兼業農家で、自然を満喫して過ごしました。隣とは五百メートルほど離れた寂しい所でしたが、明るい家庭でした。

父には叱られることはあっても、あれこれとは叱らず、また尾を引く叱り方をしませんでした。

「育てたように子は育つ」といいます。

私は大層、自分が気に入っています。これはとても大切なことのように思います。

高齢者になって思いますが、自分が満たされてこそ人に優しくなれます。これは「自分大事」とは違います。

さて私は、両親のような子育てができたろうか？　できなかったな？　したかったと思います。

親バカですが、「我が子を褒めなければ誰が褒める」とも思います。

わかったようで、日々の雑事に追われ、理想通りにいかない日々でした。

「友人が持っていてほしいものあれば、買ってやる」と言ってくれた父でした。きっとその費用は父の楽しみのためのお金であったのでしょう。父の気持ちが嬉しい私でした。

これはずっと後に知ったことですが、父は私の弟には別のように言っていたそうです。子どもの性格を見てのことか。今は黄泉の国へ行ってしまっているので確かめようもありません。

父方の祖父も父も本好きで、雨で野良仕事ができない時は必ず本と触れ合っていました。そのことは遺伝子が私にも受け継がれている気がします。嬉しいです。そして十数年後に、父に心配をかけることになりました。卵巣腫瘍で手術をしなければならなくなったのです。父はドクターの説明を聞き、母の位牌に願ったことでしょう。心配をかけました。

術後すぐに駆けつけてくれました。かえってそのほうが良かったのです。手術の直後は辛くなく、一夜明けた頃から痛みのピークを迎えるからです。安堵した父に、辛い顔を見せなくて良かったと思いました。

数日後、また見舞いに来てくれた時、タッパーに自分で育てたスイカを切って持ってきてくれました（美味しかった）。

その後の経過も良く、「組織検査の結果により、治療方針が決まります」とのこと。尋ねると「卵巣腫瘍の場合、良性・中間・悪性に分かれます」という話に、私は祈る思いでした。どうか悪性でありませんようにと願いながら、勇気を持って聞くことにしました。数日後、結果が出ました。中間でした。私は喜び、「この先は私には運が付かなくてもいいわ」と思いました。

その後、父は老いても活発に自分らしく暮らして、私を励まし続けました。妻を亡くして約三十年、私にエールを投げかけてくれました。父が病に倒れた最初の頃、自分史の序盤を父への感謝を込めて書き、見てもらえました（きっと喜んでもらえたでしょう）。

父からの言葉は、「人を羨んでも、何も得られぬ。されば自分は、他人から羨ましがられるような生き方ができたらいい」。その言葉を重く受け止め、父が喜んでくれる生き方を目指します。

ところが、生きていると事情が違ってくるのですね。

私が難病になったことも幸運の一つかなぁ？　道が開けた数々の幸運を感じます。これも父の置き土産でしょう。

この前、新聞の本の広告欄に、「運は一〇〇パーセント自分しだい」「強運は行動の結果」と載っていました。私は嬉しくて未来が開けた思いです。

高校の華道の非常勤講師を務めていた父。母との結婚が決まった時は、短歌でラブレターを書いたそう。そんな粋な行動がさっととれる、私の尊敬する人物でした。

私が父さんから受け継いでいる良いところの一つに、楽しみを見つけるのがうまい点があります。ありがたいことにしっかり受け継いでいます。とはいってもこのご時世、楽しいことはいくらでも転がっていますね。

父は、娘が嫁いで妻が亡くなり、「老後は二人でのんびりと」という夢が破れて気落ちしたことでしょう。

それから元気を取り戻すまで心配しましたが、独り暮らしを生かし、趣味の幅を広げました。生活のペースをつかみ、見事に吹っ切れた姿を見せてくれました。

嫁いだ身では、エールを送ることしかできませんでした。父にとっても、私にとっても辛い時期でしたが、甘えは許されぬもので、お互い頑張りました。一人で頑張ってくれている父を思い、頑張れた私でした。

その間、父に気をかけてくれたのは従兄でした。

実兄のような従兄

五つ離れた従兄とは、兄妹のように育ちました。保育園の帰りに私の乳母車をのぞき込んでくれるのが、従兄の日課。両親や祖父母は野良仕事で忙しく、今のベビーカーと違い、視野が極端に狭く深く、見えるのは空だけのタイプの乳母車でした。ですから、私の記憶がない赤ん坊の頃から、従兄はかまってくれていたのです。

従兄は田畑で遊ぶことが日常で、伯母は体が弱かったため、私の両親や祖父母と過ごすことが多かったのです。私が歩けるようになってからは毎日のように、従兄について歩くのが当たり前。従兄は、ついてくる従妹を疎ましがらず、どこまでも優しく接してくれました。

自然がいっぱいの恵まれた環境でのメダカ獲り、虫取りをしました。溝での遊びは楽しくて、バケツを持ち、従兄の後を追う日々でした。

当時、野良仕事をする親は、今ほど子どもとかかわりを持てず、子どもの遊び相手はもっぱら、豊かな自然と年上の子どもたちでした。近所の子どもらの遊びには、従兄がいつも連れていってくれました。

五つ年上の従兄にしたら、足手まといだったことでしょう。

そんな優しい心根の従兄です。母亡き後、犬の散歩と称して、毎日のように独り暮らしの父に声をかけてくれた気遣いはありがたかったです。

五十を前に逝った母。これから豊かな余生を送ってもらうはずだった

脳腫瘍で逝った母。腫瘍の一部は脳幹にあって命にかかわるので手術ができないとのことでした。

その時、私には幼子が二人いて子育てに忙しい日々でした。家に一人残された父が案じられました。申し訳ないのですが、母に対して腹を立てていました。

今なら、一人先立つ自分より、残される父を思うとたまらなかったであろうと推察します。それに、乳飲み子を置いてきたり、オムツも取れない幼子を連れて、病院に来る娘が不憫に思えたでしょう。治りたい一心で、薬嫌いな母が飲んだ抗がん剤。その姿が焼き付いています（当時はまだ副作用がきつかった）。

「我が家に帰りたい」という最後の願いも聞けず、ごめんなさい。非力だった私も「孝行したい時に親はなく」の通りでした。

生前、母は厳しく口やかましい人で、母の友人は「早く亡くなるのが、わかっていたのかな」と私にしみじみとおっしゃったのです。

小学生の頃、家に帰ると「宿題をしたら、これこれ」と私がお手伝いする内容が次々に書かれたメモがありました。

私が学校から参観日の案内を持ち帰ると、「その日は行けないが、×日ならば行けます。よろしくお願いします」と先生に手紙を渡すように言付けました。

今なら、こんなわがまま、通用しません。教室にたった一人、参観に来るのです。母も緊張状態ですが、私も緊張しました。普段田畑に行く時と違い、和服姿の参観で、私はちょっぴり自慢でした。

母は、裁縫が得意で、私の服は手作りでした。仮縫いの時、部屋を行き来するのが嬉しかったです。自宅で和服の仕立てを請け負うようになるまで、私の服を作ってくれました。

今では信じられないほど、幼い時の私は食が細く、母を悩ませました。今の私の食べっぷりを母が見たら驚くでしょう。心配をおかけしました。好き嫌いがなく、それもすべて母のおかげです。

冬場は今と違って寒さが厳しい中、朝私が履いていく靴を陽に当ててくれるなど、隅々まで気が付く母でした。

二歳離れた弟がありましたので、母は私を呼ぶ時、「姉ちゃん」と言って、手伝いを言いつけました。不満に思う時は、「私はお母さんのお姉さんじゃない」と反論しました。

農家でしたので、採れた小豆で作ったぜんざいはよくおやつに出ました。ドーナッツとか蒸しパンもありました。年齢に応じて、おやつ作りを手伝わせてくれました。料理もきっと教えてくれたのでしょうが、申し訳ないが記憶にありません。

格言などが掲載されたカレンダーに良いことが書かれていました。「楽しくやったら楽しくなるものや」と。毎日毎日そんなに楽しいことばかりあるはずがありません。でも、どんなことでも楽しい気持ちでやれば、きっと楽しくなってくるのでしょう。

「仕事が楽しい」という人は少ないと聞きます。

子どもの時の話ですが、家が食料品店をやっていたので、よく手伝っていました。ある時、「卵十個売っても百円しかならへんし、儲けは二十円にもならへん」とぼやいていたら、「この卵を食べた人が、何百万円、何千万円の仕事をされているかもしれないでしょ。そんな意義ある仕事と思ってやったら……」などと言われました。

子ども心に感動して、楽しい気持ちで、お客さんに「ありがとうございました」と言えました。

母は、他人と同じことが嫌いでした。そういうと協調性がないように思われがちですが、そうではなく、斬新な考え方をするところがありました。

母が幼い頃、祖父に財布をねだった時、「お前は空の財布とお金と、どっちが欲しいか？」と聞かれ、迷いなく「空の財布」と言った母。

たとえば、私のランドセルは黄色でした（今頃は各自が好む色ですが）。二世代前、しかも田舎では、赤ならともかく黄色は目を引いたものです。尋ねる私に「黄色は信号にもある良い色よ」と、さらっと言うのでした。

婚礼の呉服を選ぶ時に、随所にその思いが現れました。私も気に入り、仕立てる母には嬉しいものだったでしょう。

私の呉服は今やすっかり着なくなっていましたが、呉服を見事に洋服にリメイクしていただける人との運命のような出会いで、十数点お世話になりました。コロナ禍で間隔があきましたが、光沢ある絹の外出着が揃っています。

私の娘の結婚式を終えてから数日後、父が思い出して打ち明けてくれたのですが、私の結婚式を終えた後、「母さんは泣いて、泣きじゃくって、慰めるのに苦労した」と聞き、私は血の引く思いがしました。

私は弟が生まれてから、父親っ子。ちょっと生意気な私など、母は可愛く思っていたのかな？　そんな思いでした。

私は、私が結婚したら、てっきり父が母に慰められる様子を想像していました。でも母は、私が幼い頃からその時のために父に私の褒め役を頼み、自分は悪役に徹していました。その思いに嫁いでも気が付かない私でした。私にカツを入れる、母の愛情をひしひしと感じ、感謝しかありません。

今思えば一人娘ですから可愛いはずでした。何年か前の大河ドラマのセリフに「仏の親は鬼。鬼の親は仏」とありました。まさに母は「鬼のように見えて仏」でした。子どもに欲しいものをすぐに与えることは良いが、我慢させることも大事だと思っていた母でした。

「あじさいの会」との出合い

交流会で「あじさいの会（希少難病患者と家族の会）」に誘われ、夏の総会を訪れました。今その誘いに乗れたことが、偶然だったか必然だったかと考えます。もちろん後者でしょう。会は小規模ながらアットホームな雰囲気で、会報にかける思いが感じられるものでした。

「前担当者が高齢で、適任者を探している」「または希少難病を抱える本人が良い」ということで、後に私が会報の表紙の写真担当を受けることになりました。孫を撮る時は動きがあって難しいですが、花ならそよ風に揺れるぐらいで愛嬌があり、私も撮れます。私は張り切りました。私にとって会の顔である会誌の表紙を飾ることは、表舞台に立つことと、一人で責任を感じていました。

自分のことだけでなく、他人の多種多様な話が聞ける点が、この会の良いところです。思わず生活のヒントが引き出される確率の高い難病患者と家族の集まりでした。

前にもまして会誌を手に取る人が綺麗と思い、元気になられるように精を出しました。気づけば、亡き両親に「良いアングルでの姿勢の維持、良いスポットの気づきをお願いします。精進します。助けてください」とお願いする、そんな日々でした。

何といっても難病の身、人様より時間がかかります。撮影は、基本一人です。お連れがあれば、ペースを合わせなければなりません。その点、一人で出かけるのは気楽です。天候と照らし合わせて行く日を決めます。好きなだけ撮影に時間をかけ、昼食を忘れることもざらでした。ですから朝食はお腹いっぱい食べて出かけます。

こんなこともありました。

あじさいとか花菖蒲を撮る日に晴天は似合いません。奇遇にも正午過ぎにスマホで梅雨入りを知りました。そうしたら雨がぽつぽつと降りだしました。川幅の広い一級河川の橋を通って帰りますが、橋の上は風が強いのです。それに耐え、のろのろとでも渡りきらなければなりません。「もしもしカメよ♪　カメさんよ♪」と口ずさみながらやっと駅に着き、京都駅を目指しました。

天気予報より早く降った雨に、駅ビル内の美術館でしばし雨宿り。他の人と一緒に絵を見るのも充分面白いですが、お一人様ほど良いものはありません。至福の時を過ごして帰路に就く車内でも忙しいのです。撮った画像のチェックをし、百枚ぐらいを瞬時に半分ぐらいにします。これを済ませておけば、家に帰ってからが助かります。

こう見えても料理は大好きで、出かけても手は抜きません。撮影に行く日が決まれば、その日の献立に合わせた下ごしらえをします。帰宅すれば、ワクワク感が残る気持ちの中、スタミナをつけておかないと何が起こるかわからない。

休む間もなく動ける自分が嬉しい！

主婦の生活は、洗濯物の取り込みに始まり、夕飯の支度。これもワクワクと進めます。夕飯は当然美味しく、食も進みます。お風呂で疲れを取り、画像を覗けるのは家事が終わってから。写真担当になった頃から主人が食器洗いを買って出てくれます。「ありがとう」と言いつつ、撮った写真が気になる私は、パソコンに向かいます。電車の中で五十枚にしたのをパソコン入れて、慎重に二十枚ぐらいに選別し、パソコンに残します。その醍醐味を味わう表紙選考で送ることも後々別の楽しみを生む。

パソコン操作を応援してくれる先生は、お笑いのロザンの宇治原史規さんに似たイケメンです。今では出張レッスンか、リモートによる遠隔操作でお世話になっています。さっき話を聞いてわかったつもりでいても、いざ操作となれば「?…?…」。もう一度ラインで確認することもある情けない生徒です。でも、先生とはどこか馬が合うと、私は思っています。

なんせ何かと新しもの好きです。どんどんチャレンジして、無理なことは無理と言われると納得できます。スマホ一つで多くのピンチも救っていただきました。

「あじさいの会」会長さんには、私は気さくさに光る優しさを見つけました。会報担当の方には生きがいをいただき、私は表紙写真の候補を挙げて担当者に届けて、あとはお任せです。会計を預かってくださる方は、優しい元気の出るラインをくださる人です。

先日の春号では、「あじさいの会報の表紙は会員の井元裕子《ひろこ》さんが提供していただく花の写真で飾られて、会報の品位・格を上げ、皆さんから綺麗と喜んでいただいています」とお褒めの言葉を会だよりに書いていただきました。嬉しさに照れる気持ちが入り交じりました。晴れがましいこの席を譲る人が現れるのを待っています。

夢中で取り組めた会報表紙とのかかわりが、私を成長させてくれました。だから他の人にもチャンスを提供したく思います。希少難病の会「あじさいの会だより」に、微力ながらも協力させていただけるとは！
さらに、自己磨きと頑張る最近では、私の好きな文章も取り上げていただき、ありがたいです。あじさい誌に厚みを……と身が引き締まる思いです。

仲間は、いつも私に学びの機会を与えるようなことを提供くださいます。
以前、ご自分の名にフレーズを考えていたのを私もまねています。
い……いつもワクワク
も……求めず自ら
と……止まらず
ひ……怯まぬ勇気
ろ……ロマンス求め
こ……転ばぬように

とはいっても私もへこむことがあり、暗く沈む時があります。そんな時、欲深な私は、仕方なしと受け止めて、上や前を向くようにしています。そして私の考えたフレーズを復唱しています。

友人たちとのありがたい交流

私たち夫婦には、非日常の生活を送られている共通の友人がいます。その友人は画家で、一時期はパリで暮らしておられました。若い頃はルーブル美術館に通ったそうです。私の知り得ないフランスの様子を聞かせてくれました。

今は二度目の北海道でキャラバンをしながら、時間をかけて自然と向き合い、絵を描いたり写真を撮ったりしておられます。そして、私たちに深い感動を届けてくださいます。

この前、霧が深いとされる摩周湖で、つかの間霧を避けて撮った画像をラインでお送りくださり、涼を感じました。

世界三大夜景の函館の夜景もお送りいただきました。また「この写真を見て、ホッコリしてください」と長野から露天風呂に入るサルも。寒さの中で待つこと四十分での力作とのこと。

春には富士山をバックに「桜に菜の花」の春を満喫しました。北海道で撮れたという「四角い太陽」は、ご本人も大満足の由。心揺さぶられました。

我が家に居ながらにして、各地の風景を楽しめるのは、良いです。私にしたら、動く美術館です。いつまでもお付き合いしたい友人です。

ベトナムもご一緒していただきました。

久々にラインで残暑お見舞い動画を送ったら、「お互いゴウイングマイウェイ」と返ってきました。

最近、「小太りが良い」という情報を耳にします。コロナでも熱中症でも、回復が良いのは、小太りの人らしいのです。

体を痛めた高齢者は、リハビリでも体力が要り、偏りのない小太りの方のほうが回復力が優れていると聞きます。

私は、自分で鎖骨の頭がうかがえるまでは大丈夫だと思っています。浴槽で確認して、「まだ大丈夫」と満足しています。やせ形の主人は軽く「もういらない」なって言わないでください。

私の好きな写真は、出かけた先での、何気なく切ったシャッターによるものです。絵葉書や新聞の記事に載ったのと同じシーンでした。私の自信となり、私の胸は高鳴り、ワクワク感で満たされました。

また、私には、ご年配の親しくさせていただいている、ご婦人がおられます。今は、京都亀岡で娘さんと暮らしておられます。

「花発いて風雨多し」のことわざをかみしめます。

昔、「あんず花を見に行かない?」と誘われ、早速見たさについていくことを願い出ました。

「杏《あんず》の里」とは長野県千曲地方で、平成二十五年には、天皇皇后両殿下が行かれたそうで、「ひと目十万本」という有名な言葉がある所です。

漠然と信州信濃方面は、関西と違った魅力を感じます。身こそ、ここ三田にありますが、早くから気持ちは信州に飛んでいました。

旅慣れぬお婆さんの二人旅です。

しかも病気持ちで不安いっぱい。でも、それに勝る「未知なるものを見てみたい」という気持ち。

久し振りのお泊まりですが、気持ちよく送り出してくれる家族に感謝です。

新幹線の新大阪発に乗り、お天気を気にしながら向かいます。何度もタブレットで信州長野の明日の天気を確認するも、終日九十パーセント雨という予報。

新幹線↓特急↓信濃鉄道のルートで、途中、相談。ホテルに直行せずに荷物を持ったまま「日没まであんずを見て歩きましょう」と夢中でした。木々によって咲き具合が違い、写し頃でした。明くる日は、朝から雨風とも激しく（そんな時は当たる天気予報）、大荒れの模様に、あきらめがつくと予定を早め、名古屋で名物のひつまぶしをいただきました。

新幹線の待ち時間、待合コーナーのテレビで、春の悪天候を取り上げたことわざ紹介がありました。「花発《ひら》いて雨風《あめかぜ》多し」というもので、花の季節にはとかく風や雨が多い。物事には邪魔がつきもので、世の中は思うようにならぬものだということです。それを耳にして、私の中にあったもやもやした気分が晴れわたりました。天候はどうしようもないこと。でも、どこかで「二日間とも晴れたらいいなぁ」と欲深い私でした。反省。

早くから、日程は決めていました。その中であんずの花の写真をゲットできました。写し頃だったので、「良し」としましょう。上出来でした。遠く残雪を抱えたアルプスが見られたのは、まさに「信州」でした。

あんずの実の収穫を見据えて低木に剪定された木々が傾斜地に広がり、多くの花を見渡せることが「ひと目十万本」と称される由縁だと実感しました。貴重な紀行でした。

神戸に住んでいらっしゃる時にした約束が「見上げる青空に飛行機雲が見られたら、お互い『ついてる、ついてる』と思いましょう」というものでした。飛行機雲を見かけたら貴女を思い出します。ありがとうございました。

もうひと方は、姫路にお住まいの方で、私が読みづらい字を書いても、解読してくださる人です。

何度か一緒に出かけ、過去には、姫路のバラ園をご一緒した人です。その時、バスの乗り場や、その他の気遣いをいただきました。地元の人しか知り得ない所も案内いただきました。

姫路城内を丁寧に案内いただいたり好古園で食事をしたり、姫路城の裏手の見事なもみじ林も!! それに平成の大修理の際も、今しか見られないとお誘いくださり、行きました。

そして今は高齢で不通となってしまいましたが、その方のすごいところは、着いたらすぐに返事をくださるところです。

この前、この友人は、令和五年八月十二日付の神戸新聞朝刊に投稿が掲載されました。「終戦」のテーマでした。

『十三歳の終戦の日

昭和二十年八月十五日午前、市立第一女学校一年生の私は、一人で名古山山頂の開墾地のサツマイモ畑で、バケツの水をまいていました。

「戦争中でも空はきれい。いつも四、五人の友達が来ているはずなのに、今日はなぜか町筋が静かだ」と思いながら山を下り、わが家の焼け跡に立ち寄り、焼け出されて無一文になった悲しみに浸りました。

姫路駅に着くとどっと人々が出てきました。駅近くに住む実姉が私を見つけて大声で「〇〇子、戦争終わったでえ」「勝ったん。負けたん」「負けたらしいから、怖いから早う家へ帰りなよ」。汽車に乗って福崎の疎開先へと着くと門が閉まっていて、呼んでもたたいても誰もいません。泣いていたら、やっと姉が「あんたやったん。早う入り。戦争に負けたらしいから怖いから鍵をかけたんよ」。十三歳の私の終戦日でした』

よくまとまった文章に、少女の気持ちが窺えます。この方は、いつも私の前を進んでいて、導かれている気がします。ありがとうございます。

一方で私もまだおしゃれ心があります。和服を洋服にリメイクする一流の腕がある友人です。何着か、袖を通せるチャンスを待って、タンスに眠っています。どれもオリジナルで、四季に合わせて楽しめる自慢の服です。

その他にも和服リメイクを私のイメージ通りにアドバイスくださり、楽しいひと時を過ごし、たわいのない愚痴をお互いしゃべる仲です。

ランチにつれていってもらうのは、月一の楽しみです。今はコロナで気軽に外出が楽しめず残念です（徐々に回復傾向にあり）。

「衣食足りて礼節を知る」とありますが、私にはこの方が「衣」を豊かにサポートくださり、ありがたい先輩です。

春夏用には、長羽織は娘も着ないと判断して、ワンピースにしてもらっています。それに対して、孫の七五三祝いにも着たいので秋冬用の長羽織は保存しています。以前、展示作品とした絵羽織がありますが、これは解いて、最後にロングスカートにしたいと思っています。私のハレの一着としたいです。

夫婦で尊敬かつ心の拠り所としている方で、以前から心に残っています。

子どもはダイヤの原石です。共に世間にもまれながら、悲鳴を上げてだんだんと光り輝く。大人だって輝きたいのです。余談ですが、私は誕生石のエメラルドがいいなあ、と思っています。

今、私の周りには逸材ばかりで嬉しい。

孫に望むこと、私のこれから

すっかりあきらめていた末っ子の結婚が急な展開で決まったと、最初に聞いた時は信じられませんでした。間もなく末娘は二人の息子の母になり、現代っ子の婿は、イクメンパパです。

姉の婿もそうですが、子育てには、フットワークが軽い婿。ちょっと羨ましい。幼子は新鮮なだけに可愛い。憎まれ口が出ないし、しぐさに見とれてしまう。

私のことをしっかり覚えてくれるまでは生き切りたい、ひそかな願いであり希望です（希望という名の星です）。ところが、ここにきて末娘に三番目が宿ったとのこと。娘は高齢出産ですが三番目は女児だと言います。国を挙げての少子化政策に大いなる期待をしています。

私は、病気を抱えて頑張っていくこと（進行を抑える）が良いことととらえています。前に書いたような希望をもたらしてくれるからです。

誰に似たのか、三女は幼少の頃から、自己主張のはっきりした子でした。育てたように子は育つというから、私たちの育て方によるのでしょう。私の両親は押しつけをしないで、自ら持つ力を信じてくれていました。それは時として良い面だけではなかったようです。

第一、私は大人から見れば超生意気でした。

私は、幼い頃、農家で充分かまってもらえず、かえって自由でした。でも幼くても責任意識は持つように躾けられました。今と違って核家族の、小学高学年は小さな働き手だったのです。

「自主性に任せてみよう」、これは親の子育ての方針だったのでしょう。それらはうまく根付いて、私の人格形成の柱となっています。簡単にあきらめぬ気性（やる気、咲かす気、チャレンジ精神）があります。自分を信じて、自主性、結論を急がず深く考えるほうです。欠点はありましたが、父が示したように「自分のことは自分で」を基本に、趣味を生かし、他人が羨む暮らしを、考えたいと思います。

永六輔さんの言葉に「生きてゆくということは、誰かに借りをつくること・生きてゆくことは、その借りを返してゆくこと」があります。それを拝見し、良い塩梅になりました。肩の力が抜けて気楽になれました。

両親似の私は、とても満足です。そんなふうに言うのは、遠慮なくて図々しいですが、私は好きです。それらは水に流されず火にも燃えず、私が生きている限り底辺で支えてくれるものです。それらは遺伝子に組み込まれて、優勢にいつまでも子孫に受け継がれればなと思います。

主人も私も、未来ある孫たちには、本人の好きな、納得いくものになってもらえたらと思います。主人はなりたい職がありましたが、ならなくて良かったと言います。それは「大きな方針に流されたくはない」とのことで自己主張が見られますが、融通をきかすのも大切なことです。

一方、私はなりたいものになれ、そして家庭を持ってからも生かせたように思います。その点幸せだったと言えそうです。今の世の中、自分を大切にしている人は意外と少ないのかもしれません。自分を大切にする人は、他者をも大切にできると思っています。

そのことは、要所要所で人生を豊かにしてくれ、孤独感を生むことがないように思います。

孫たちには、自分本位の考えは持たず、協調性を育んでほしい。自分を好きになり、他者をも認める。そんな成人になってほしい。できれば夢を見つけてほしい。

叶わなくても、夢を探し続けてほしい。私は、恵まれたことに自分の選んだ進路に賛成し、かつ応援してくれた親がいました。

たとえ平凡な人生を歩んだとしても嘆くことはないのです。非凡に生きることは大変です。平凡の良さは、静かに考えればわかることです。何不自由なく育ち、あって当たり前と思っていることは、それを失って初めてありがたさに気づきます。健康や時間、愛情などです。

最近、私にはもう以前のようにたっぷりの時間がありません。終活を考える時期にかかってきました。

いくつになっても、難病であろうと、私自身の生き方である執筆活動を続けていきたい。投稿文などの執筆活動を行うことは続けます。

日々の些細な出来事を、さりげなく明るく、ほのかに笑えるような文章に仕上げていきたいと思います。

数年前、購読紙のインタビューから俳優の仲代達矢氏のファンになりました。仲代氏の「人生の秋の今を真っ赤に燃えて生ききりたい」という言葉を目にした時、感動してしまいました。ここからペンネームいただこうと決めました。そのことを思い出して嬉しくなりました。

最初にインタビューを読んだ時、仲代氏は八十代中頃でした。九十代に差し掛かっても、なお第一線で活躍されて、反戦を訴えられています。

ご存知の通り戦争は、何も生みません。多くの人災だけが残ります。

新たに、無名塾公演「等伯―反骨の画聖―」の演出を手掛けておられます。「勝つことだけに縛られる苦悩」を中心に演出されていますが、仲代氏ご自身「三度目の新人演出家です。役者みんなが素敵になるように応援します。私の言いなりではなく、気持ちよく演じてほしい」とのこと。でも仲代さんは「演出で椅子に座っているより、演じる方が楽だなぁ」とこぼしています（笑）。

「芸術とは美しくもあり、浅ましくもあります」と仲代氏。役者の生き方に重ね、次世代にエールを送ります。「役者は自分のやりたい役を待つしかなく、望まない役にも食らいつかなきゃいけません。浅ましくも思えますが、何と言われようと、表現したいものは持ち続けてほしい」そして「猛烈に戦争と平和の芝居をしたい」ともありました。

私は戦後生まれですが、人災（戦争）は弱い立場の人や若いかけがえのない人々が命を落としていく悲劇の連鎖が拡大していくこと。上層部には届かない非力の私は、平和を祈るのみです。そして、何事にも食らいついていきたい。それは時間がある、ないにかかわりないことです。

私の投稿文で明るい気持ちを持ってほしい、ひと時笑みを浮かべてほしいと思います。私の気持ちが萎えていたら皆さんの気持ちを上げられない。日々生き生きと暮らし、できる範囲で、楽しみを見つけていこうと思います。

私は、自費出版を決めてから自然とペンネームを持ちたいと思いました。「赤秋あかね」と決めたのは、

せ……清涼感

き……切っ掛け
しゅ……秋のごとく深く
う……嬉しい気持ちで
あ……あせらず
か……カッコ良く
ね……熱意を持ち
こんなふうに執筆活動をするのが、私の続けたいことです。

ここのところ、双子の孫と、単行本を回し読みをしています。それが、楽しい！　ちょっぴり出費ですが、三回は読むし、意外な効果があります。好みはいろいろあって、何よりも世代を超えた孫と同じ本を通して感じる時、若返る気がします。

このように過ぎいく時を大切にやり切る。生まれてきたことを嬉しい気持ちで命を輝かしてくれることを孫たちには望んでいます。

今日は旧友と、久し振りにランチに行ってきました。気心が知れた方と行くランチは、健康寿命を延ばすことに効果的らしいです。私も、不自由ながら、今ならお誘いがあれば行けます。

久し振りに会ってラインでのやり取りができて、若い時分と変わらぬ友に親近感を覚え、かつ若かった頃の活発だった私を思い出せました。良かった！

年を重ねると若かった頃のように無理がきかなくなり、自分ではできないのに、気持ちだけは募ることが多くあるようになりました。しかしまだ、衰えきったものばかりありません。逆に積み重ねた経験があります。

私の場合は、思いを文章に表したいと思うことが増えてきています。定期的に投稿させてもらっています。それらは苦にならない私の生きがいの一つです。そして、何気ない日常を、明るく領けるものとしてとらえていきたいのです。

長文にも挑戦したくなりました。そして、各種の公募には多種のものがあることを知りました。それらに応募することにしたのです。私の新たな挑戦でワクワクがとまりません。


先日、日舞を拝見する機会がありました。「古城」「荒城の月」を踊られる姿勢に感動しました。

私には、以前からやりたいものがありました。それは俳句です。もともと日本の魅力的な四季や言葉を生かしてみたいとの憧れがありました。まずは形からと、俳号を志案《しあん》と決めました。理想通りいくか、まずは読本を見ることに熱中しました。苦手をなくすことは意義深いことです。

私には、得意なものを伸ばすのはたやすいことです。でも私の知らないことがあれば、魅力が半減します。だが欲張りの私は、みすみす選択肢を減らしてはもったいないと感じます。
私には知らない世界にも触れてみる意味があると思えるのです。

デイサービスの感想

暦の上での春を迎えた頃、娘のすすめで週一回デイサービスに行くことにしました。相続のことで難しい顔の主人を見ていると、私も聞き役しかできず、応えることができず困ります。いつも一緒ではお互いに良くないということで、気分転換のつもりです。

利用してみると、楽しいことだらけで驚きを隠せません。年上の人ばかりですが、皆さんお元気です。朝の健康チェックの後の体操がすごい。

椅子に腰かけたままですが、足から股から股関節と続き、脳トレを組み合わせた動きをします。私はわかっていますが、ついていけないジレンマが起きます。そして、新しく良いことは次々と追加されていく進化系なのです。

そんな時は、他人とではなく前回の自分と比べることで気楽に過ごします。

「私が今できることを頑張る」に尽きます。筋肉には数多くの魅力が潜んでいて、使えば使うほど筋肉はついていくそうです。貯金ならぬ、「貯筋をしよう」とのことです。そして、筋肉は水分を蓄える働きもあるそうで、筋肉量が多いと熱中症になりにくく、たとえなっても症状が軽いそうです。

痛みのない今を逃せません。痛みがないことは私には、この上ないほどの喜びです。感謝しかありません。

今の時点で体に痛みがないのも、筋肉が落ちていない証拠だと思っています。「お気楽者の私は、良いほうへ解釈している」と言いながら、庭で転倒しています。

周りを気にして内緒で起き上がるのが常です。正しく言えば、他者から見ると千鳥足です。この難病の特徴です。お酒は一滴も飲んでいません。過去には日本酒が好きでした。

ファーストペンギンは、自ら危険であろう海にいち早く飛び込むペンギンのことをいいます。私は、元来、何かして後悔することを選びたいほうで、朝ドラのファンでもあります。

デイサービスでは、その後、午前午後とボランティアさんによる二つの楽しいプログラムが組み込まれていて、新鮮なパワーをいただけます。聞くところによると、二月から通うこの施設は、ボランティアさんが豊富で、利用者さんもボランティアの方々共に相乗効果でもってにぎわっています。この前、一〇二歳の方のお話を聞かせていただき、感動しました。

地域の取り組み

私には、地域に根差している特定非営利活動法人「わかくさ」、一般的にはのぞみと呼ぶ団体があります。「自然いっぱい、元気いっぱい、笑顔いっぱい、夢いっぱい、優しさいっぱい」をスローガンに、ハンディのある子どもたちを個性としてとらえます。個々の未知なる部分を引き出しておられます。大きな事業である週二度のワンコイン弁当は、自家栽培の新鮮な野菜をふんだんに使い、味も素朴で非のうちどころがないお弁当でした。

ですが、すべてコロナ禍で見送られてしまいました。

前身は、のぞみショップでのランチでした。野菜だけでなく、花やハーブ、オリジナルののぞみ織り。ボランティアとして参加してくださる方々の指導の下、子どもたちは自ら作業に加わり、心地良い汗を流します。活動の種類は、あげたらきりがありません。廃品回収は、我が家にとって最終となるボランティア活動です（生かしてくださいね）。

自らの事業、他者との交流行事と本当にたくさんの試みをしていて、紹介しきれません。この団体とは、終生付き合いたいと思っています。

「夢を夢として終わらせない思いを持ち続けたい。簡単にあきらめるものを夢とは言わない」と日めくりカレンダーに書かれていました。一つ目標ができたその後は嬉しい。でも、できなくなってゆく私です。まだできそうなものがあることが嬉しいのです。エネルギーがわいてきます。

義母が「いつまでも歩けるように」と利用していた脚ふみ用のマシーンを中心にしたエクササイズを、自分で長く続けられるよう考えました。

難病の身ではありますが、生きたくなりました。健康寿命を延ばすことが、生きがいでありたい。元来、結果オーライの性格で、お気楽者。失敗も、トラブルと遊ぶ気持ちで乗り切ります。余裕の対処で、次の糧にすれば良いのです。きわめつけは、私は「本番に強いと自分に言い聞かせる」ことです。

地域の子ども食堂に主人が米を毎回提供しているので、先日、会長さんから、「一度覗いてください」と声をかけていただきました。私も以前から行ってみたかったのでした。

その会場は、地元の小学校でした。校庭で受付時間ぎりぎりまで遊べる利点を感じました。少子化が進む中で、校庭に響く児童の声は良いものです。

杖をついての私の参加に「何かお手伝いしましょうか?」とのお声がけが嬉しかったです。

私には、我が子が小学生の頃に見たテレビ番組の主題曲が浮かぶ時があります。

「私だって　泣こうと思ったら　声をあげて　いつでも泣けるけど　胸の奥に

この花ある限り　強く生きて　みようと思う」とあります。その通りです。私も心に花を咲かせようと思ったものです。

そして、私の生まれてくる孫にと鈴入り布ボールと汗取りパッドを二枚頼みました。抱き枕と、短くなって背中が出てしまうパジャマのズボンをおニュー同然にリメイクしていただきました。

今日は、「男社会は良いと思う話」になりました。祭りや子育てがだいぶ改善されましたが、なお残る子育ての不公平感と昔話に花が咲きました。性格の不一致で別れる夫婦の多いことが話題になった時、「そもそも性格なんて合うはずない」と笑い、お開きになりました。

祖父の思い出

私も、孫の成長を願う婆さんです。孫が一人増えると、そのつど、端切れを生かして抱き枕や布ボールを作りました。願いを込めて贈ったのです。

ふいに私が小学高学年の頃、本に没頭したことを思い出しました。本には現実から離れた世界に溶け込める魅力があります。

私の本好きは父・祖父から受け継いだものです。とりわけ祖父は若い頃読書家で、早く起きた祖母が、すでに起きて本を読んでいる祖父の姿を見る日が何度もあったそうです。夢中になって、読みだしたら止まらなかったとか。

ある時、祖父の読んだ数々の本を見たことがありました。その膨大さに驚いたと同時に敵わないと思いました。祖父は長生きで、九十四歳まで生きました。到底マネできません。私の人生の目標が祖父だったのです。

連休の五月四日に「嫁ぎ先に帰るから」と挨拶した時に、「達者でやれよ」と言ったのが、私が聞いた祖父の最後の言葉でした。

祖父がずっと前に言った言葉がよみがえります。それは「両方良いのは頬かむりぐらいだ」というものです。

田舎のお爺さんが、寒さ除けに、頭から顎の先にかけて手ぬぐいで覆うことで両頬が温かい。このように「両方良い」ということは非常に少ないという意味です。

私に底力があったらば、片方ずつ少しずつ上げることを考え、実行していくことに気づくでしょう。「達者でやれよ」とエールを託されました。私は脚こそ衰えましたが、気力はまだまだあります。私にバトンを渡されたと思っています。

心が萎えてしまった時、新たな出発をすることにしました。

人は、迷ったとき、二人の自分が現れます。楽な方へ流れる自分、それを否定してチャレンジ精神を進める自分です。迷ったらあえて困難な方にしてみたら、不思議と夢が近づきます。ダメもとでやったら、結果はついてきます。私は実証済みです。その精神は、私を勇気づけました。

ベトナムの娘たち

約十三年前の発病初期の頃、暗い、抜け殻のような気持ちで出社していました。自分を支えるのが精一杯でした。毎朝「おはようございます」というベトナム娘の明るい声と笑顔に元気をもらいました。しだいにくよくよすることなく、病気を受け入れられたのです。

三年間の研修生としてベトナムから来た女性たちです。私が従事していた生産ラインの班に配属され、挨拶を交わしたのが出会いです。「よろしくお願いします」という日本語もたどたどしさがありました。その日、定時後の親睦会で、人なつこく「お母さん、お母さん」と話しかけてきた彼女たち。その後、毎週金曜日の定時後に、日本語を習っていました。今の日本人が忘れかけている年功序列の考え方がきっちり身についており、清々しさを感じました。

それから、私が難病の告知を受け、気が重い時期を支えてくれたのが、彼女たちでした。

朝口々に「おはようございます」と言ってきます。笑顔いっぱいに駆け寄ってくれます。彼女たちに励まされての通勤でした。その笑顔に救われた思いです。にわか雨には傘をさしかけてくれます。休み時間にはトイレの順番を譲ってくれます。ただ、トイレの順番を譲られても、短時間で済ませなければならないと逆にその子のことが心配になったり……。

我が家が会社や寮と近いので、日曜日など外で見かけることが多く、「お母さん」と手を振りながら声をかけてきます。どんどん親近感が増し、距離が縮まっていきました。正直、実の娘以上の関係に酔いしれることもあります。

たとえば、難病で足が悪い私と出先で会うと、「お母さん、送ってあげよう」と荷物を取ってくれ、門先まで送ってくれます。

主人の開く喫茶店が会社と我が家の間にあり、主人を見かけると「お父さん」

と手を振ります。彼女たちにしたら会社以外の知り合いで、嬉しいのでしょう。主人も手を振り返します。道路を挟んでちょっと信じがたい光景です。

ある月曜日の昼休み、一人の娘が小さなタッパーを手渡し、「昨日作った。お父さんと食べてほしい」と言いました。早速持ち帰り、食卓にのせました。それはなかなかの珍味、揚げ春巻きでした。また加速して親密になっていきました。

ベトナム娘たちは、金曜の定時後日本語を習いますが、ちょっとした疑問が出ると休憩時間や昼休みに聞いてきます。「お母さんが話すとよくわかる」「ゆっくりとしゃべってくれるから」と好評です。何が吉と出るかわかりません。私は難病で、ろれつが回らないから早くしゃべれないのです。手書きでも、当てにされることの喜びを知りました。

会社では、いつも私は彼女らの人気者！　クリスマスも近い頃、私も主人にお願いして店の定休日の午後にパーティーを開きました。二、三人に早めに来てもらい会場づくり。食べ物は一人一点持ち寄り。プレゼント交換は通じませんでした。彼女たちにそんな習慣はなかったようです。

私はおでんを用意しました。銘々持ち寄り、楽しいひと時でした。クリスマスソングをバックにケーキも食べました。坂本九の「上を向いて歩こう」を最後に合唱しました。最後の片付けもちゃんとして、門限に遅れないように解散。楽しかった。若者と触れ合うと自分が若返るようで楽しいものです。

季節は過ぎて春。私は難病ながら進行が遅く、痛みが軽いことなどから、ドクターのすすめで写真の趣味を続けるなど悔いのない毎日を送っていました。日が長くなって残業のない水曜日には、夜の予定のない娘を誘い、近くの川沿いに連なる桜並木を散策。桜が満開の道を、数人で楽しみました。

夕日が桜に当たり、豊かな色彩になんとも言えぬ気持ちになりました。「夕日を浴びた花は美しい」という言葉を聞いたことがありますが、まさにその通りでした。明くる日、「私も連れて行って」とベトナム娘たちに次々にせがまれて日曜に桜吹雪のさくらロードをゾロリゾロリ。「綺麗！　美しい」の連発に案内して良かったと思いました。写真もたくさん撮りました。この頃から私が花を撮りに行く所へ誘うことにしました。私も子離れをして、休日を楽しむ余裕ができました。

ある夕暮れ、みんなが揃って来てくれ、「どうしたの」と聞くと、「今日は、お母さんの誕生日。私たち、ハッピーバースデーを歌います」という。思いもかけないプレゼントに感激でした。娘たちに歌ってもらえた記念すべき出来事でした。

電車に乗りバスを乗り継いで、やってきた市民バラ園。予想通り蕾がほとんどなく、全体に満開の様子にベトナム娘たちは、大はしゃぎ。色とりどりのバラにテンションが上がります。広い園内には、おとぎの国のように何段もアップダウンがあり、バラ園や建物も引き立つ作りで、小さな丘もあり、素晴らしいところです。今回、被写体は花ではなく、娘たちだと痛感して、彼女たちのブロマイドを撮る気持ちで取り組もうとしました（プロのカメラマンでもないのに）。でも娘たちは、真剣にポーズを盛んに取ります。

異国の綺麗な情景に酔っているようで可愛い彼女たち。私は及ばずながらシャッターを切ります。日本の娘たちより素直で愛らしい。良いスポットでは次々に交代して、「銘々撮って」とせがむ屈託のない笑顔に我を忘れて楽しみました。

ベトナム娘たちによる幸せの効果は長く続きました。ですが、緩やかではあったものの確実な病気の進行で、ある日、状態を上司に報告し、産業医とも面談しました。それで、会社を辞める決心がついたのです。その後、私の趣味を生かして、ベトナム娘たちに各地を案内し、笑顔にすることを思いつきました。そんな自分を「自分で褒めてあげたい」と思ったほどです。

一つ失っても、代わるひらめきが見つかります。いつまで続くでしょうか？　それが強運だとしたら、私は、難病になったことは悪いことばかりじゃないと思えます。

休みごとに桜・バラ・藤……京都や奈良と出かけました。私も複数の娘たちに、美しい日本の花々を見せたいのです。そこで、私はウイークデイに下見と撮影を兼ねて一人で行き、会社の休日に改めて娘たちと見物に行きました。すり寄っての記念撮影にはしゃいで、昼には彼女たちが早起きして用意してくれた手巻きのすしの弁当を食べます。

我が家での雛人形飾りを、出すところからしまうことまで二年間手伝ってくれました。後輩にまでつないでくれ、「一人では大変」とお手伝いを買って出てくれました（雛飾りといっても、娘の誕生祝いにと買った昔のもので七段飾りです）。

両親を偲んで飾っていましたが、病気を患ってから、近年中にそろそろ処分を考える時期かなぁと思いつつ、未練がましく思い悩んでいたのです。その時、閃きました。そうだ、ベトナム娘に見せてあげよう。そして手伝ってもらおうと。それを頼むと、揚げ春巻きも我が家で作ってくれました。雛人形には、興津々で、自発的に「来年も来たい」と申し出てくれました。

区の行事の区民祭りにも積極的に参加し、茶席や絵手紙体験、各種団体の展示などを見て回り、体験する娘たち。若いっていいなぁと思います。地域の方々とも打ち解け、楽しい思い出もできて良かった。

中でもおねだりナンバーワンは、「浴衣を着たい」でした。ベトナム娘たちの関心が高く、それを何とか叶えてあげようと考えました。準備が意外と大変です。

着付けは顔見知りの方が、二つ返事で引き受けてくださり、一安心。難題は浴衣です。私のおさがりが二点、娘のが一点、古い反物が一点（これは、別の婦人会仲間に仕立てていただいた）。もう一枚に困っていたところ、電気屋の奥さんの計らいで、貸していただくことに。私はすかさず、「肌じゅばん、裾除け、腰ひもの一式も貸してほしい」と頼みました。

私もその日は浴衣を着る予定なので、何もかも六組必要になります。揃えるのに四苦八苦。中でも腰ひもは一人に数本必要でしたが、浴衣の仕立てをお願いしたついでに余り布で作っていただきクリア。別の友人には帯板と帯を借りて、家にある備品で整いました。それでも、肌じゅばんの代わりにキャミソールやえりあきの大きいTシャツ、足袋は、こはぜが履けないから足袋ソックスを当てることに。当日を前にそれぞれどのセットを誰が着るのかも決め、準備万端整っても何度も確かめる私でした。

そして迎えた当日。朝市の区の行事が予定されて、そこでもひとはしゃぎ。会社も盆休みで好都合と、朝から私に食べさせたいと、春巻きをみんなで作ってくれていて、美味しくいただきました。着付けていただく約束の時間がくると、銘々が次々と出来上がりました。そこは二十歳前後の娘たちです。鏡やくしを貸してと言い、各自おしゃれに夢中です。

私は見ているだけでつくづく良かったと思っています。満足です。みんな憧れの浴衣姿に、うっとりとし、盛んにカメラやスマートフォンに取り込み、各自、確認に余念がありません。

我が家の庭先での記念撮影に「お母さんも一緒に」と催促。我が子なら、一般的に二十歳過ぎたら親と一緒に撮ろうとしないでしょう。ましてや、すり寄ってはきません。孫でさえ、幼い間だけです。

盛んに「笑って」と言われましたが、うまくは笑えません。

若い娘は良いですね！　ポーズを意識しなくとも、美しいです。私もそんな時があったでしょうか？

神社納涼祭（盆踊り）には踊りの輪の中に入って見様見まねで踊ってくれ、私も招待したかいがありました。鎮守様もごらんになったでしょう。彼女たちの無事をよろしくお願いします。

私の運動失調の説明は複雑なのでしませんが、足の悪い年長者と知って荷物は持ってくれるし、階段や足場の悪い所は肩を貸したり体を支えたりと、手厚くガードしてくれます。

三年が過ぎて、帰国を前に「包丁セットが欲しい。どこに行けばいい？」や「散髪のハサミは？」と言うので、「買い物に付き合ってあげようか？」と言いました。

「乗りかかった船」の言葉通り、私流の国際交流を展開します。異国での要望です。甘えてきてくれるので、今できるだけのことをします。お土産の刃物類の持ち込みは空港で前もって届けていることを祈る思いでした。

ベトナム娘たちと、とうとう別れの日がやってきました。いつまでもとは当然思ってはいないものの……昔のヒット曲の歌詞の一節を思い出します。

♪わかれはいつもついて来る　幸せの後ろをついて来る

私は十月十五日で退職。期を同じくして、三年間の研修期間を終え、娘たちはこの晩秋に母国ベトナムに帰ってしまう。数日後、まだ明けきらぬ中、バスを見送りながら、ベトナムで会いましょうと手を振りました。

そして、主人と実際にベトナムへ行くことにしました。

私は毎日よく歩いています。彼女たちを心配させぬため、歩く訓練です。主人から、釘を刺されています。「出発まで市内しか出向かないこと」。ベトナムから無事に帰ってくることが、行くと決めてからの主人の目標になりました。

私は、シクロに乗ることが夢です。日本では人力車が近い存在でしょうか。バイクなどの交通量が激しくて、政府がシクロ廃止の方向で、近いうちに電気自動車に代わる動きがあるそうです。

ベトナムに行く前にテレビで、女優の名取裕子さんのベトナム紀行をやっていて、シクロに乗る場面が印象的でした。

我が家から関西国際空港まで二時間はかかります。朝食を考えると、かなり早起きしなければなりません。そこで安心を得るため関空の近くのホテルで一泊することにしました。私が小走りができないことは、想像以上に飛行機に乗ることにプレッシャーを感じます。初めての海外旅行、緊張の苦しみです。ベトナム娘たちに会うため、用心のためのステッキに力が入ります。

お正月に「お母さん！　元気か？　おめでとう」飛び込んできたベトナム娘から携帯電話。「もうすぐベトナムに来てくれる？」「私たちアオザイ（ベトナム民族衣装）をお母さんに作ってあげたいからサイズを聞かせて」と言います。

何度も断りましたが聞き入れる余地がなく、好意に甘えることにし、肩幅・トップバスト・アンダーバスト・ウエスト・上半身・ヒップ・総丈を知らせました。

後日、追加でサイズを聞いてきましたが笑ってしまいました。ズボン丈・袖丈までは納得。「くびわ」と言ったのは、笑いながらも意味はすぐわかりました。

しかし次は、一瞬わからなかったのです。「筋肉？？？」わかった！　腕周りのことでした。しかし笑みがこぼれました。三年間の学習で、ここまでのやり取りができるなんて、若さってすごい。あっぱれ！

しかも海外のベトナムから。「信じられない」と返せば、「どういう意味？」と。

月日が流れ、チャットで、それぞれ結婚したり子どもが生まれたり、と近況を知ることになりました。

縁が引き寄せた人との出会い

ある高齢者が自伝を出版されたと聞いて、早速取り寄せて読みました。ＪＡ女性組織のトップなどで活躍、走り続けた人生を一冊にまとめたとのこと。内容から私も学ぶところがありまして、私も着眼点を変えて一冊の本にしたくなりました。人生の大先輩として、俄かにお慕いし、また、親近感を持ちました。

私は、次作として考えています表紙は、牡丹の花としましょう。私の誕生月の花でもあります。牡丹は豪華で、美しい人のたとえで「立てば勺薬・座れば牡丹・歩く姿は百合の花」ともいいます。私も、座ればまだ光を放つ瞳があります。

自伝の挿絵は、百日咲くという百日紅の花と空です。描き始めたばかりですが、並行して書き上げたいと思っています。

拘束されて　アイパッド・パソコンを操作できなくなり

突然に強制入院となり、生活が一変してしまいました。姑が生前過ごしていた離れを掃除しようとしたとき（難病の私には、夏場動きが比較的良くこわばりがなく、チャンスとばかり精を出していました）までは記憶にあるのですが、ダウンしてしまったようです。

病院に着くと、着の身着のまま入院となりました。当初車椅子をあてがわれて情けない日々でした。出版活動はストップ（アイフォーンを始めパソコンの操作遮断）、辛かったなあ。

彼岸の頃、アイフォーンの使用許可が下り、ラインの再開に喜び、徐々に外出、外泊。そしてギリギリ、パソコンを操作することができました。

今（執筆当時）も編集部の方にご迷惑をおかけしています。入院に伴って自分では気づかないことでしたが、院内は杖が使えず、移動はもっぱら歩行器です。杖のほうが、難易度が高く退院後が心配です（特に室内では、家具などを頼りに伝え歩きでした）。入院前と同じように過ごせるか不安です。

おわりに　これからの主人との暮らし

人生の終盤に差し掛かった私と夫。お互い「ありがとう」や「お願いします」と声がけの多い夫婦です。いくらわかり合っていても言葉で伝えることは、意味があります。「お互い様だからいいじゃない」は、なし!! です。体に不調のある高齢者には大切なことです。

その点、夫は些細なことにも声がけがあります。そんなところを尊敬します。つい「私は陽で、あなたは陰」と決めつけ、さも私のほうが優位だと思うところがありますが、最近ではあながちそうでもないような気になっています。行動力だけでありません。私がパソコンで文書を作成する時に質問すると即答してくれますし、わからない時には調べてくれるサポートがありがたいです。そういうことをさらりとしてくれることに感謝します。それを当然と思うのは、奢りですね。

お互い読書に費やす時間が増えてきたのは、いい兆候です。

私は、恵まれた部分を生かしながら、これからも今という時を愛おしみます。「良いことは前しか通らない」と考え、ワクワク感を持ちながらも淡々と、日々を送っていきます。そして、家族を、仲間を、その家族を明るく元気な気持ちにさせていきたい。

ついつい余裕が出るまでは、貴方に八つ当たりしそうですが、自分のことで手一杯でしょうが、これまで私なりに尽くしてきました。ひと一倍、虚弱体質な主人には気を遣いました。いえば言い尽くせません。と言いつつも、私の瞳が輝くのは、貴方が見守ってくれるからです。

著者プロフィール

赤秋 あかね（せきしゅう あかね）

1956年5月生まれ
兵庫県出身、在住
大阪青山短期大学卒業

原石から　エメラルドへ

2025年3月15日　初版第1刷発行

著　者　赤秋 あかね
発行者　瓜谷 綱延
発行所　株式会社文芸社
〒160-0022　東京都新宿区新宿1－10－1
電話　03-5369-3060（代表）
03-5369-2299（販売）

印刷所　株式会社フクイン

ISBN978-4-286-26144-7　JASRAC 出 2407299－401